AF206115

1

Impressum

Bibliografische Information der Deutschen
Nationalbibliothek: Die Deutsche Nationalbibliothek
verzeichnet diese Publikation in der Deutschen
Nationalbibliografie; detaillierte bibliografische
Daten sind im Internet über www.dnb.de abrufbar.

Herstellung und Verlag:
BoD – Books on Demand, Norderstedt

ISBN 9783744817738

Thomas Aebischer

AM SCHEIDEWEG

Inhalt

LAVA

Freitagabend, wir sitzen am Tisch bei mir zuhause, das auch, wie du sagst, dein Zuhause ist, vor uns Rotwein, Fleisch und mit Rauchpaprika gewürztes Gemüse, Kerzen flackern und im Hintergrund Musik aus einem drahtlosen Lautsprecher. Du sitzt mir gegenüber, so wie alle zwei Wochen, liebgewonnenes Ritual nach deiner langen Fahrt zu mir. Der Tisch aus Holz strahlt Leben aus mit seinen Rissen in der Oberfläche, die schemenhaft im Kerzenlicht hin und her tanzen. Wir sprechen über dies und das und ohne Voranmeldung scheinen sich die Risse im Holz aufzutun, sie werden breiter und die Flammen erzeugen ein Gefühl von Instabilität. Unsere Worte verlieren das Verbindende, du offenbarst, was dir wichtig ist, worauf du nicht verzichten kannst und ich erwidere, dass ich das anders empfinde. Die kleinen Risse, die in den letzten Wochen unsere Beziehungspatina angegriffen haben, springen auf und verbreitern sich zu tiefen Rissen und Spalten, so wie die auf dem Tisch. Sie stehen nicht mehr als Zeichen von Leben, sondern von Entzweiung, verlorener Harmonie, Kampfansage und Enttäuschung.

Die schwarze Nacht starrt durch das Fenster in die nun bleischwere Küche hinein, während aus dem Lautsprecher *Carry me back home* von Blues Saraceno ertönt, und ich frage mich, was bedeutet eigentlich für mich der Begriff Zuhause.

Das liebgewonnene Freitagsritual wird jäh in seinen Grundfugen erschüttert, aus den Spalten ergiesst sich unsere Gesinnungslava, die feurig und vernichtend ist, um sogleich zu kantigen Gefühlsbrocken auf dem Tisch zu erstarren. Da liegen sie nun zwischen Wein und Fleisch auf der rissigen Holztafel und wir wissen nicht, wie wir sie

8

aufnehmen können, ohne uns zu verletzen. Steine aus Angst, Verzweiflung, Trauer, Hoffnung und Liebe, Steine geformt aus dem Drang nach Freiheit, Zweisamkeit und unbenennbaren Gefühlen. Wie kann aus diesen verbrannten, scharfkantigen Steinen ein gemeinsames Haus gebaut werden? Wo ist der Mörtel für den Zusammenhalt zu finden? Mein Zuhause, das bis vor wenigen Minuten auch dein Zuhause war, ist fraglich geworden. Die Distanz zwischen uns ist spürbar und grösser als der Weg zurück zu dir nach Hause. Und selbst dieser Weg ist zu weit, um jetzt einfach zu gehen und so wählst du den Spaziergang in der dunklen Nacht, du alleine, während ich zurückbleibe, das Kerzenlicht durch die realistische Deckenlampe ersetze, das Geschirr wegräume und nicht weiss, wann und wie du zurückkommst.

Die digitale Uhr am Backofen zeigt 22.45 Uhr als du in mein Zuhause zurückkommst, wir legen uns ins

Bett, wortkarg wie die erstarrte Lavalandschaft, die noch immer auf dem Küchentisch liegt. Ich lösche das Licht und wir fallen in einen schweren, dumpfen Schlaf, der weder Erholung noch Offenbarung ist und so dämmern wir dem nächsten Morgen entgegen.

Am andern Tag packst du deine Sachen und fährst früher als beabsichtigt zurück. Die Worte, die wir uns schenken sind freundlich, aber nicht von Belang.

Während du fährst gehe ich nach draussen, der Sonne entgegen, begleitet vom unsichtbaren Vogelgesang. Erleichterung und Weite in mir und der Landschaft, die mich umgibt. Die Spalten der nächtlichen Eruption sind noch immer offen und es riecht nach Verbranntem, das sich nur wenig vom Duft der gebratenen Picknickwurst drüben in der

Waldlichtung unterscheidet. Ich höre Stimmen spielender Kinder, auch die meines inneren Kindes, die mir zuruft: „Lebe dein Leben, komm' zu mir, ich warte schon so lange." Warum höre ich die Stimme erst heute?

Ich muss der Stimme folgen und schreibe dir klar, und, wie sich später herausstellen wird, zu unpersönlich, dass ich eine Auszeit brauche, um einen Schritt zurücktreten zu können. Ich muss mein Leben von aussen betrachten und herausfinden, was ich brauche, wo ich in meinem Leben stehe, welche Bedeutung unsere Beziehung für mich hat. Ich sende dir die Nachricht und ich spüre, wie sich alles in mir zusammenzieht und ich kotzen könnte. Du reagierst erwartungsgemäss erschrocken und ungläubig, beteuerst dann aber, meinen Wunsch zu respektieren.

Kaum dass ich meinen Feldversuch starte, meldest du dich ebenfalls mit elektronischer Nachricht, dass du das, was ich möchte, nicht leben kannst. Verzweiflung und Beschuldigungen, geboren im Land der Ohnmacht. Du möchtest deine Sachen holen kommen und den Schlüssel meiner Wohnung, die, wie du mal gesagt hast, auch deine Wohnung ist, zurückgeben. Besser wenn ich nicht zuhause bin, um nicht noch mehr Lavaströme auf dem Holztisch hervorzurufen.

Eine Woche später, es ist wieder Freitag, kommst du und nimmst deine Sachen und legst meinen Wohnungsschlüssel auf den Küchentisch. Als ich von der Arbeit heimkehre, ist mein Zuhause nur noch mein Zuhause, die Laterne, die Kleider, und die Zahnbürste sind weg, nur dein dezentes Parfüm hängt noch in der Luft. Ich bin erschüttert und empfinde meine Wohnung uneingerichtet und karg. Zu wissen, dass du noch immer in der Gegend bist, um dich von liebgewonnenen Freundinnen, die auch meine sind, zu verabschieden, befremdet mich. Ich schaue fern und die Sendung *SRF bi de Lüt* ist nur bedingt ein Aufheller. Nichts ist geworden aus meiner Auszeit, ich bin mitten im Ausnahmezustand, so wie auch du, jeder auf seine Weise, getrieben vom eigenen Ruf, der durch mein heimisches Tal hallt. Irgendwann fährst du dann, zum letzten Mal weg von hier, wie ich von Freundinnen höre, es ist aus noch bevor meine Auszeit begonnen hat.

Später noch einmal Schreiben und erklären ohne Klärung und dann endlich Stille. Meine Auszeit wird möglich, ist aber bedeutungslos geworden, da es offensichtlich aus ist und nur noch Zeit übrigbleibt. Aufräumen auf dem Tisch in der Küche und in meinem Kopf, sich der Sonne zuwenden und atmen, tief in meinen Lavaschlund. Du, hunderte Kilometer weg von hier, zurückgeworfen auf dein

Leben ohne Zweitwohnung in der Ferne, niedergestreckt vom Schicksal, das sich dir gegenüber unerbittlich zeigt und dich hinter der Grenze der zweiten Heimat an deine eigenen Grenzen treibt.

Es ist Freitag, vier Wochen nach dem Lavafreitag, du schreibst kurz und knapp und berichtest über ein Gewaltverbrechen, das dir den Boden unter den Füssen weggezogen hat. Ich lese die informative Nachricht und spüre die Verzweiflung dahinter und bin wieder mitten drin im Bezugnehmen. Der Tisch ist längst aufgeräumt, aber die Risse sind noch da, wie ein Mahnmal vergangener Kämpfe. Soll ich anrufen, schreiben oder einfach still bleiben? Die Uhr am Backofen leuchtet und wechselt die Zahlen minütlich, Stunden vergehen und ich ringe mit mir, dem was gewesen ist und dem was zu tun ist.

Nach den unpersönlichen Nachtrichten der letzten Wochen entscheide ich mich für den Anruf. Ich höre deine Stimme, die müde und doch erregt wirkt, höre dir zu, was sich bei dir ereignet hat. Es geht nicht um das Uns, Schlimmes drängt sich in den Vordergrund und ist plötzlich Brücke zu einem neuen Kontakt auf Augenhöhe. Wir sprechen, hören einander zu, reden über unsere Erfahrungen der letzten Zeit, sind ehrlich, offen und einfühlsam. Zarte Membranen bilden sich über die verbrannten Risse und bieten etwas Schutz vor weiteren Ausbrüchen. Versöhnung, Geborgenheit, Verkürzung der Distanz, die wieder zum geografischen Massstab wird. Verabschiedung in versöhnlichem Ton. Ich lege mich ins Bett und spüre dich näher als das letzte Mal, als du physisch neben mir lagst. Der Mond vor dem Fenster, die Nacht erhellend über dem schlaflosen Land. Ein Summen, das Mobiltelefon vibriert und leuchtet, du schreibst und teilst mit, dass du kommen möchtest, morgen, zu mir, das erste Mal, nachdem du zwei

Wochen zuvor das letzte Mal in meiner Gegend warst und dich definitiv von hier verabschiedet hast. So wandelt sich Definitives zu einem Provisorium und ich bin erstaunt und glaube ein Lächeln im Antlitz des Mondes zu sehen. Du willst kommen, egal, ob es mir passt oder nicht, doch darum geht es nicht, kannst du das wirklich, kommen im Wissen darum, dass du auch wieder gehen musst? Wird sich dein Weg hin und zurück als Befreiung erweisen oder wird es dein Kreuzweg werden? Ich muss dich sprechen und rufe noch einmal an. „Ist dies dein Ernst", frage ich und du; „Ja"!

Auf was lassen wir uns da ein? Ich drehe mich um, schliesse die Augen und weiss nicht mehr, was real ist und was nicht. Dich in meinen Gedanken, das innere Kind in meiner Brust, das nicht verraten sein will. Es ist das Palmsonntag Wochenende, danach folgt die Passionszeit mit Karfreitag und Ostern. Ich liege zwischen Kreuzigung und Auferstehung und falle in einen traumlosen Schlaf.

Samstagabend, ich sitze am Tisch auf dem Balkon, zuhause, das bis vor vier Wochen auch dein Zuhause war, wie du mal gesagt hast und warte auf dich. Vor mir ein Buch, das nicht zum Lesen bestimmt ist, sondern den Anschein des Beschäftigtseins erwecken soll, mein Blick in Richtung Strasse, um deine Ankunft nicht zu verpassen. Ich bin nervös und pendle zwischen Küche und Balkon, zwischen vergangenem Tatort und ungewisser Gegenwart. Die Sonne scheint und schüttet Wärme und Licht über meine erst kürzlich gepflanzten Gewürze, ich setze mich wieder, umgeben von Minze, Zitronenmelisse, Basilikum, Koriander, Oregano und Thymian. Du fehlst noch immer und das schon länger, nicht erst jetzt, wo ich auf dich warte. Irgendwie haben wir uns unterwegs verloren im Dickicht der wuchernden Bedürfnisbäume, die uns umschlingen und uns den

Atem zuschnüren. Ein erster Schnitt war vor vier Wochen. Wie erkennen wir uns heute, da der Himmel wieder sichtbar ist und jeder sich von seinen Wurzeln ernährt?

Autos kommen, nicht aber du. Unten auf der Strasse liegt Max, der Hund eines Nachbars, eigentlich heisst er nicht Max, aber für mich ist es ein Max. Ich bin Namengeber und auch sonst Schöpfer meiner Wahrheit, die nie absolut ist und keine Sicherheit in sich birgt, eine Sicherheit, die dir in letzter Zeit so fehlt. Du hast dich entschieden zu sagen: „Du bist es", diese Liebesbezeugung, die im Sumpf der Sicherheit geboren wurde, ein Sumpf, aus dem es kein Entrinnen mehr gibt. Du bist es, ja, das stimmt auch für mich, aber nur manchmal und nicht immer gleich und auf festem Boden der auch hält, wenn du es gerade nicht bist.

Es ist nach 18 Uhr, die Kirchenglocken tönen, es ist friedlich und das Warten gefällt mir, noch ist alles möglich, in der Luft klingt der Klang des Vielleichts. Autos fahren vor, die Sonne scheint am blauen Himmel, das Buch liegt noch immer auf dem Tisch, Max ist unterdessen aufgestanden, ich, mittendrin – Friede.

Und dann kommst du in deinem Auto mit rotem Nummernschild und blassem Gesicht, parkierst auf dem Besucherparkplatz, wie immer, nur mit dem Unterschied, dass du heute eine Besucherin bist, da du keinen Schlüssel mehr hast. Ich warte, weiss, es bleiben mir noch rund zwei Minuten, dann wirst du klingeln. Ich verlasse den Balkon, will nicht, dass du das Gefühl hast, ich würde aktiv warten. Ich atme, stehe in der Küche, unmittelbar neben dem Holztisch, der heute mit seinen kleinen Rissen wieder mehr Deko als Kampfplatz ist. Hinter dem Vorhang sehe ich dich kommen, zielstrebig mit deinem Rucksack, den ich dir mal geschenkt habe, du biegst ein in die Zielkurve, ohne dass ein Ziel definiert ist. Stillstand der Zeit.

Es klingelt, du bist es, ich lasse dich rein, öffne meine Wohnungstür, trete auf den Flur und überspiele meine Verlegenheit mit dem *lustigen* Ausspruch: „Ich wohne im ersten Stock". Du reagierst nicht, wie solltest du auch. Du kommst die Treppe hoch, auf mich zu, wortlos mit weit geöffneten Augen, ich will dich hereinbitten, aber du stehst schon in meiner Wohnung, ich schliesse die Tür und drehe mich um zu dir.

Du sagst kein Wort, kommst auf mich zu, küsst mich leidenschaftlich, zerrst dir die Kleider vom Leib und schiebst mich rüber ins Schlafzimmer. Wir fallen über einander her, wie Getriebene, lassen uns schlucken vom Treibsand der Begierde, der uns tief und tiefer in seinen Sog zieht. Wir torkeln an einen Ort, wo es weder dich noch mich gibt, an einen Ort, ohne Vergangenheit und ohne Zukunft, der sogar die Gegenwart zum Nullpunkt aufreibt. Es gibt keine Worte, keine Gefühle, kein Bewusstsein, alles wirbelt im Untergrund und der Lavaschlund wird auf wunderbare Weise ausgewaschen und erstrahlt wie ein geschliffener Edelstein im Prisma des Lichts. Verstehen ohne Verstand, wortlos und keuchend erheben wir uns aus dem Krater und lassen die Welt sich wieder schöpfen, in der auch wir, du und ich, neu geboren werden – Auferstehung.

Wir liegen im Bett, schwitzend und die Sonne im Westen erhellt das Zimmer. Du und ich noch immer wortlos, einander anblickend, losgelöst von Wertung und Urteil, einfach wir beide mit allem, was uns umgibt, jeder für sich, aber doch Teil einer eben gemeinsam erschaffenen Welt. Wir erheben uns, ziehen uns an und gehen hinaus auf den Balkon, wo ich vor einer halben Stunde noch auf dich gewartet habe, jetzt nicht mehr Warteraum, sondern Bühne eines Theaterstücks, das jetzt gerade uraufgeführt wird. Wir setzen uns an den Glastisch, der frei von Rissen ist und spiegelnd im Sonnenlicht glänzt. Ich hole Weisswein, einen Sauvignon Blanc, der mit seinen Aromen von Zitrusfrüchten, Litschi und frisch geschnittenem Gras, etwas Exotisches und Verführerisches hat. Max ist wieder auf der Strasse, schleppt eine Schachtel mit sich rum, die Vögel pfeifen und die Welt erstrahlt in Harmonie. Keine Erklärungen, keine Versuche, sich zu rechtfertigen, keine unbefriedigten Bedürfnisse, nichts und doch alles.

Die Sonne verschwindet am Horizont und eine kühle Märznacht erhebt sich aus den Niederungen der Landschaft, wir gehen hinein in die Küche, wo der Holztisch mit seinen Rissen steht. Wir wechseln den Wein, aus weiss wird rot, was bleibt ist die

Leidenschaft für uns und den Moment. Während die Bratkartoffeln im Olivenöl brutzeln überwältigt uns von Neuem die Begierde und wir geben uns ihr hin, sinnlos und intuitiv. Grundbedürfnisse werden befriedigt, sind sie nur vordergründig oder auch tiefgründig? Sind sie der Grund unseres Zusammenseins? Was bleibt, wenn wir uns grundlos begegnen?

Wir setzen uns an den Holztisch, vor uns Wein und Essen, hinter uns der Treibsand, den wir langsam von uns schütteln. Wir tauchen wieder auf, werfen unsere Schatten im Kerzenlicht an die Wand, was war, verschwindet im Dunkel der Nacht. Wir sprechen, über dies und das, wir sprechen von und über uns. Der Boden ist wieder Grund, er hält und wir begegnen einander nicht grundlos. Du bist schön und so wie du mich anblickst, fühle auch ich mich schön.

Im Hintergrund tönt *Mir wei nid grüble, es isch scho rächt* von Züri West aus dem drahtlosen Lautsprecher.

Es ist, als ob wir uns zum ersten Mal sehen würden, neugierig und vorsichtig, abgesehen vom Wirbel im Treibsand, der frei von irgendeiner Sicht war, sei es nun Vorsicht, Nachsicht, Absicht oder Zuversicht.

Wir zeigen uns in Worten und Mimik, zwischen uns der Tisch als Trennlinie und als verbindendes Element. Du erzählst vom Gewaltverbrechen, das du an deinem Wohnort erleben musstest, du sagst: „Ich spüre, du bist wieder bei mir, ich habe das so vermisst". Wie könnte ich nicht bei dir sein, jetzt da sich alles zum ersten Mal ereignet, jetzt, da die Welt im Takt des Herzes fortwährend geboren wird. Es ist hell in uns, wir machen uns sichtbar und lassen die Wellen des Lichts fliessen. Wir sind auf

Entdeckungsreise mit offenen Sinnen und lassen uns tragen von einer zarten Sinnlichkeit, dem Leben zugewandt.

Auferstehung, Neuanfang – Ostern.

TEIG

Wieder liegen wir auf dem Bett, die Laken noch
aufgewühlt vom Treibsand, so wie auch wir
aufgewühlt sind, von dem, was wir in den letzten
Stunden zusammen erlebt haben. Die Fleischeslust
ist gestillt und Ruhe legt sich über unsere Körper,
draussen der Mond, der die Nacht erhellt und uns
den Weg in den Schlaf weist. Du rechts von mir, ich
neben der Tür, um möglichst hindernisfrei den Weg
zur Toilette gehen zu können, wenn sich die Blase
bemerkbar macht. Doch momentan drückt nichts,
sanftes Hinübergleiten in die Zwischenwelt, wo
Verarbeitung und Verwandlung stattfinden. Im Geist
noch die Bilder vom Abend, du bereits mit
regelmässigem Atem, der anzeigt, dass du schon
wegdämmerst. Auch bei mir vermischt sich Realität
mit Fiktion, ich gleite langsam in die Zwischenwelt,
dort wo alles auf seltsame Weise aufgekocht wird,
dort wo Bilder auftauchen, die magisch sind. Die

Nacht verarbeitet unser Bett, die Wohnung und die Umgebung, einem Mixer gleich, zu einem Teig, in dem alle Zutaten des Tages und viele Gewürze aus längst vergangenen Zeiten geschmeidig zusammengefügt werden. Ab und zu steigen Blasen hoch, fantastische Traumbilder, die, wenn man nach ihnen greift platzen und feinperlig auf unsere schlafenden Körper rieseln. Wir gehören zu diesem Teig, ohne unser Zutun, auch wird sind Masse, die geknetet wird.

Irgendwann, mitten in der Nacht, wache ich auf, der Druck ist da und ich gehe zur Toilette. Die Wohnung und die Aussenwelt schlafen, auch du liegst ruhig im Bett, ich schaue dich an und frage mich, in welche Traumbilder lässt du dich hinein kneten? Ich lege mich wieder zu dir, spüre deine Wärme, drehe mich zur Seite und gleite wieder hinüber in die unbewusste dunkle Nacht. Während wir neben einander liegen, wird in uns gearbeitet, Altes kommt

27

hoch und wird zu neuen Figuren gegossen, mit grossen Pinseln werden Szenen unseres Lebens gemalt, dick aufgetragen auf unsere Seelenleinwände, da und dort ertönt Musik, als bräuchte unsere Traumnovelle den passenden Soundtrack. Wellen von Gefühlen und Emotionen beseelen die Kulisse und manchmal spritzt ein kleiner Tropfen in unser Bewusstsein, schwitzend wachen wir auf um uns alsbald aufs Neue in die Traumfabrik zu begeben. Metamorphose – in was? Erholung – wovon? Wer weiss das schon.

Ein neuer Tag macht sich breit, verdrängt die Nacht, die sich im Leuchten des Horizonts auflöst und dem Bewusstsein Platz macht. Die Vögel zwitschern, da und dort menschliche Geräusche, die Möbel in der Wohnung erheben sich aus dem nächtlichen Schattendasein und auch wir, du und ich, wenden uns, noch schlaftrunken, dem neuen Tag zu. Ein Tag, der wieder seine eigene Geschichte hervor bringen wird, eine Geschichte, die von dir und mir geschrieben wird, eine Geschichte, die vielleicht schon während der Nacht, in der Backstube der Träume, vorskizziert worden ist, ohne dass wir davon wissen.

STEINE

Was gestern war, hat sich in der Nacht verabschiedet und so starten wir unbefleckt in den Sonntag, der diesen Namen heute auch verdient. Die Natur steht strahlend im kühlen Morgenwind, während wir uns erheben. Ich gehe in die von der Morgensonne durchflutete Küche, mache Kaffee, du draussen auf dem Balkon. Es ist wie immer, eingespielte Abläufe. Du kommst rein, setzt dich an den Tisch, ich bringe dir den Kaffee, stelle Kaffeerahm und Zucker auf den Tisch, Musik tönt aus dem drahtlosen Lautsprecher, ich hole meinen Kaffee und so sitzen wir einander gegenüber, die Kulissen sind hochgezogen, ohne zu wissen, welches Stück wir heute spielen werden.

Wir sprechen über dies und das und schnell zeigt es sich, dass heute kein Tag der non-verbalen

Kommunikation ist, die Dinge wollen beim Namen genannt werden. Treibsand war gestern, heute braucht es Versicherungen, Gewissheit und Zusicherung, bewusst artikulierte Worte. Sich hingeben, ohne gestern und morgen, das war gestern, heute sollen Vergangenheit und Zukunft als Wortbrocken greifbar werden.

Die Uhr am Backofen zeigt 09.30 Uhr, Zeit wird wieder zum Faktor, heute reicht es nicht, sich gehen zu lassen, den Moment zu kosten, nein heute müssen Resultate her. Standpunkte werden auf dem Holztisch hin und her geschoben, Wortbrocken, längst nicht so kantig wie vor vier Wochen das erkaltete Lavagestein, aber Brocken, die gewichtig sind und zusehends an Bedeutung gewinnen. Du erklärst dich, ich mich, ohne dass Klärung stattfindet. Die innere Welt mit ihren starren Verhaltensmustern und den immer wiederkehrenden Gedanken, gewinnt an Stärke und

31

lässt Wortbrocken auf den Tisch fallen, laut, sperrig und so zahlreich, dass eine Geröllhalde entsteht, die sich nun auf dem Holztisch türmt und uns die Sicht auf einander versperrt. Gestern noch wortloses Verstehen, heute verständnislose Worte. Draussen noch immer die Sonne an wolkenlosem Himmel, drinnen zwei Menschen, die unentwegt Mauern hochziehen, Grenzen da und dort, wortreicher Irrgarten.

Du gehst raus auf den Balkon, ich setze mich ins Wohnzimmer, drücke auf die Fernbedienung des Fernsehgeräts, es läuft eine Dokumentation über den Theologie Professor Karl Barth, mit dem Titel: *Gottes fröhlicher Partisan*. In der kurzen Zeit deiner Rauchpause, erfahre ich, dass auch Karl Barth seine Standpunkte mit Vehemenz vertreten hat, sich im Streiten mit und um Worte wohl gefühlt hat und somit als offensichtlich fröhlicher Partisan Gottes, nichts anderes getan hat, als eigene Dogmen zu kreieren, die von vielen Nicht-Partisanen als wegweisend und gültig erklärt wurden. In Stein gemeisselte Worte, Steinmauern, die die Sicht versperren, einengen und zum Kerker werden, aber wenn Gott das so will…

Ich will das nicht, mich stören die fremden wie auch die eigenen Mauern. Ich schaue in die Küche, wo die Wortbrocken noch immer auf dem Tisch liegen, lausche den Beschreibungen über Karl Barth und fühle mich von den Wortbrocken hüben und drüben eingemauert. Ich stelle den Fernseher ab, setze mich an den Küchentisch, du kommst rein, setzt dich dazu und ich frage: „Wann fährst du wieder nach Hause?" Du hast dir dies noch nicht konkret überlegt, meinst aber, wahrscheinlich am frühen Nachmittag, damit du noch bei Tageslicht fahren kannst. Essen möchtest du nichts und so bleiben wir beim Kaffee. Draussen spielen Kinder. Die Welt nimmt ihren Lauf, ohne auf die einzelnen

Erlebniswelten Rücksicht zu nehmen. Es ist einfach Sonntag, ein weiterer Tag, der sich im Grossen und Ganzen kaum von anderen Tagen unterscheidet. Alles findet immer statt, Freude, Ärger, Wut, Trauer, Fröhlichkeit, Neuanfang und Abschied, nur die Verteilung ist stetigem Wandel unterzogen.

Du sagst: „Ich habe gewusst, dass es so kommt, mir wird alles genommen." Ich finde keine passende Antwort und nicke stumm. Und obwohl du es gewusst hast, bist du gekommen, ist das Liebe, ist das Abhängigkeit, ist es die Reise wert gewesen? Gestern Auferstehung, heute Kreuzigung, Ostern und Karfreitag, zeitlich vertauscht, weil immer Karfreitag und immer Ostern sein kann.

Überall Mauern, sie schnüren mich ein, ich muss mich befreien, sage, dass ich etwas im Auto hole, nur raus, atmen…

34

Kaum draussen, fallen die Mauern in sich zusammen, der Tag begrüsst mich mit all dem, was mir lieb ist. Ich umrunde das Quartier, spreche mit Max, der sich aber unbeeindruckt zeigt, er braucht sie nicht, meine Worte, gut so.

Ich komme zurück in die Wohnung, die eng und klein wirkt. Du gehst duschen und ich sitze im Wohnzimmer und warte, warte auf irgendetwas, vielleicht nur darauf, dass du gehst. Zuerst kommst du aber nackt aus dem Badezimmer, nimmst meine Hand und führst mich ins Schlafzimmer, ich lege mich zu dir und wir halten uns, ohne Treibsand, nein eintauchen ins tränenreiche Salzwasser des Abschieds. Du: „Mein Gott, wie ich dich liebe" und ich: „Trage Sorge zu dir". Wir halten uns, und die Gefühle weichen die Wortbrocken auf, nur noch du und ich, während draussen die Sonne scheint und das Lachen spielender Kinder zu hören ist.

35

Ich wende mich ab, stehe auf, ziehe mich an und warte bis auch du bereit bist. Essen willst du noch immer nicht. Belangloser Austausch, Sätze wie: *Hast du alles, kann ich dir beim Tragen helfen, fahre vorsichtig.* Es ist alles gesagt, alles gefühlt, unsere Wege trennen sich, du verlässt die Wohnung und ich schliesse die Tür hinter mir zu, während du dich zum Besucherparkplatz begibst.

AM SCHEIDEWEG

Ich gehe auf den Balkon, nicht für eine
Rauchpause, nein ich sehe dir nach, wie du zum
Parkplatz gehst, dich kurz umdrehst und siehst,
dass ich dir nachschaue, ohne zu winken
verschwindest du auf dem Parkplatz. Vakuum, du
bist noch da und doch schon weg. Wolkenloser
Himmel über den Wohnblöcken, Max liegt im
Schatten und ich warte, bis dein Auto mit roter
Nummer auftaucht, in die Strasse einbiegt, langsam
durch die 30-er Zone rollt und am Horizont
verschwindet. Du bist fort, definitiv, wie schon vor
zwei Wochen, vielleicht ein bisschen definitiver…

Ich gehe hinein in die Wohnung, Ruhe, die
Steinbrocken sind porös geworden und leicht wie
Bimssteine, nicht weil du nicht mehrt da bist, nein
sie sind bedeutungslos geworden, Erleichterung

breitet sich aus. Was in der Nacht als Traum gewoben und geknetet worden ist, weiss ich nicht, aber jetzt fühlt sich alles wie ein Traum an. Bist du wirklich hier gewesen? Ja offensichtlich, deine Kaffeetasse steht noch auf dem Holztisch mit den Rissen. Ich ziehe meine Schuhe an, fülle eine Flasche mit Wasser, verlasse die Wohnung nicht viel später als du und gehe der Sonne entgegen, während du auf deinem Kreuzweg nach Hause bist und dich langsam aber stetig deinem Golgatha näherst, wo das Kreuz steht, an dem die Hoffnungen und Erwartungen, die sich nicht erfüllt haben, genagelt sind. Du fährst zurück in dein Land des Mangels, mit jedem Kilometer, den du zurücklegst, weiter weg von Ostern, von der Auferstehung.

Ich wandere über die Hügel und versuche mich in die Stimmung von gestern zu begeben, wo sich alles ineinander gefügt hat, keine Mauern die Sicht versperrt haben, ich bewege mich und spüre, wie das Gefühl der grossen Harmonie wieder da ist. Die Bäume, die Sonne, die Spaziergänger und meine Gedanken an dich, an uns sind wieder im Einklang.

Am Waldrand setze ich mich auf eine Bank, trinke einen Schluck aus der Wasserflasche, blicke in Richtung Nordwesten. Irgendwo dort in der Ferne bist du unterwegs, ich lasse das Wochenende noch einmal Revue passieren, die verwegene Idee, einfach zu kommen, ohne Rücksicht auf Verluste, irgendwie gefällt mir das. Ich glaube nicht dass ich dir das gesagt habe, zu viel Grundsätzliches wurde ausgesprochen, vor allem heute, es blieb kein Platz für die kleinen Edelsteine, die im Geröll funkeln und zeigen, dass jedes Wort auch ein kleiner Schatz sein kann. Du möchtest mehr Struktur, willst die Liebe in einen Stundenplan einfügen und ich beharre auf der Spontanität, der Freiheit und beide sagen wir diese Worte im Namen der Liebe. Aber welch schwieriges Wort *Liebe.* Ob im Namen von Gott oder der Liebe, viel Leidvolles ist deswegen schon entstanden, Täuschung und Enttäuschung.

Während ich sitze, in die Weite blicke und den Vögeln und Insekten lausche, wird mir bewusst, ich brauche keine Definitionen, ich bin gerne hier, mitten im Leben, das mich umgibt. Meine Liebe zu dir ist vor allem meine Liebe zum Leben, zu dem auch du gehörst oder vielleicht gehört hast.

Wir haben Ostern, die Auferstehung, gestern zusammen erlebt, das ist für mich der Massstab und ich weiss, dass du das Gleiche gefühlt hast. So wie du nun schon zwei Mal definitiv gegangen bist, so verhält es sich auch mit Karfreitag und Ostern. Es gibt sie nur als Paar, keiner der beiden Feiertage ist definitiv, nach Karfreitag folgt immer Ostern und dann wieder die nächste Passionszeit. Es ist ein Pendel, das sich langsam hin und her bewegt, Kreislauf von Tod und Geburt.

40

Der Tag ist viel zu warm für die Jahreszeit, aber wo ich hinschaue, zufriedene Gesichter, die Wärme tut gut und egal ob zu früh oder zu spät, es ist einfach schön sie zu spüren.

Das Wochenende hat zum Scheideweg geführt, welchem Wegweiser folgen wir? ist es der Weg nach Golgatha, wo das Kreuz steht, als Zeichen geborstener Träume und Erwartungen, die sich nicht erfüllt haben? Das Kreuz, das den Leidensweg sichtbar macht und uns ohnmächtig und als vom Leben Betrogene zurücklässt, denen alles genommen wird. Oder ist es der Blick über das Kreuz hinaus, auf den Neuanfang, wo das Gewesene nur noch eine untergeordnete Rolle spielt, wo das Vertrauen ins Leben zum inneren Leitfaden wird. Wir haben beides erlebt du und ich, Treibsand, Lavagestein, Wortbrocken, Tränenmeer, Mauern und grenzenlose Weite, wir haben beides erlebt in nicht einmal 24 Stunden, haben erlebt, dass beides existiert und wir wählen können, welchem Wegweiser wir folgen wollen, Karfreitag oder Ostern? Im Wissen dass es die beiden nur als Paar gibt, aber der Entscheid, welcher der beiden die Führung übernehmen soll, ist von grundlegender Bedeutung. Ich habe mich entschieden, ich will Ostern folgen, weil ich spüre, dass die Weite, nach der ich immer gesucht habe, genau dort, in dieser Auferstehungslandschaft zuhause ist, die ich auch als mein Zuhause erkenne.

Die Schatten werden länger, die Luft wird kühler und ich spaziere gemächlichen Schrittes nach Hause, grüsse Max, der sich nach wie vor nicht darum schert, öffne die Wohnungstür, schliesse die Tür hinter mir. Ich bin zuhause, bei mir zuhause.